Gâteau dans le ciel

Straut White

TABLE DES MATIÈRES

INTRODUCTION

Quelques justifications valables nous ont poussés à réaliser cette monographie sur les gâteaux et pâtisseries du petit-déjeuner. D'une certaine importance, la possibilité de proposer vos suggestions et idées pour faire un repas du matin avec chacune des décorations à la maison, ayant la possibilité de participer à la lueur d'être ensemble dès le réveil, que ce soit pour un couple de moments, avant d'accumuler à l'infini, tout le monde de diverses manières ou au travail ou à l'école. La récupération du temps passé ensemble se transforme en un travail minutieux pour tout le monde, un héritage précieux et crucial ; pourquoi ne pas partir, alors, à ce moment-là, de l'instantané du petit-déjeuner, en lui donnant un air et un goût que privilégient la maison ?

La joie de couler dans une tasse d'une boisson décente une part de gâteau, un biscuit délectable et un délicieux beignet améliore la gaieté, fortifie et commence la journée du bon pied.

La validité du siège de fixation nous permet également non seulement de réduire les coûts, mais garantit que nos gâteaux et desserts peuvent être conservés neufs et excellents pendant quelques jours.

De cette manière, notre cellier voudra effectivement protéger, comme un cercueil, de nombreuses fortunes de bonté inévitable.

GÂTEAU AUX AMANDES AVEC AMARETTO

- Préparation 30 minutes
- Cuisson 35 minutes
- Moule 25 x 25 cm

Pour 10/12 tranches

Ingrédients

- 7 oeufs + 2 jaunes
- 250 g de sucre
- 160 g d'amandes finement moulues
- 40 g de fécule de maïs
- 60 g de chapelure
- 50 g de liqueur d'amaretto
- 30 g d'eau
- 1 cuillère à café de levure
- 1 pincée de sel

Décoration:

- amandes en lamelles
- sucre en poudre

Préparation

- Dans un bol, saupoudrer la chapelure avec l'alcool et l'eau.
- Indépendamment, fouetter les jaunes d'œufs avec 200 g de sucre ; ajouter la farine d'amande, la fécule de maïs, la levure chimique et le sel.
- Dans la foulée du mixage, ajouter la chapelure bien humide.
- Battre les blancs d'œufs avec 50 g de sucre jusqu'à ce qu'ils soient solides et les ajouter à la masse en mélangeant délicatement de la base vers le haut.
- Vider le mélange dans le moule graissé et fariné et égaliser à l'aide d'une spatule ou d'un leccapentole.
- Saupoudrez la surface avec les amandes coupées et préparez le gâteau au gril à 180 degrés pendant 35 minutes. Retirez le gâteau du feu, démoulez-le et laissez-le refroidir avant de le saupoudrer de sucre glace.

BONJOUR GÂTEAU AU MARASQUIN

- Préparation 25 minutes
- Cuisson 30 minutes
- Moule Ø 18 cm

Pour 8 tranches

Ingrédients

- 150 g de beurre
- 150 g de sucre en poudre
- 2 oeufs
- 80 g de farine
- 80 g de fécule de pomme de terre
- 3 g de levure chimique
- 2 cuillères à soupe de marasquin

Décoration:

- Sucre en poudre

Préparation

- Laissez la pâte à tartiner à température ambiante, puis fouettez-la avec un fouet électrique.
- Au moment où la variété s'avère légère et la consistance riche, ajouter le sucre glace tout en continuant à battre.
- Indépendamment, dans un bol, battre les œufs à la fourchette, puis, à ce moment-là, les verser à ras sur le battement de margarine tout en continuant à fouetter.

- Lorsque les œufs sont consommés, ajouter la farine filtrée et l'amidon ainsi que la levure chimique.
- Mélanger avec une course à la main en abandonnant la base et assaisonnée avec le marasquin. Huilez et farinez la poêle, versez la masse et préparez le gâteau à 180 degrés pendant 30 minutes. Éliminer du gril et finir de refroidir sur la grille.
- Améliorez le gâteau avec beaucoup de sucre en poudre.

GÂTEAU MARBRÉ AUX NOIX

- Préparation 25 minutes
- Cuisson 50 minutes
- Moule Ø 22 cm

Pour 8/10 tranches

Ingrédients

- 380 g de farine
- 350 g de sucre en poudre
- 4 œufs
- 230 g de beurre
- 100 g de lait à température ambiante

- 20 g de cacao
- 2 cuillères à soupe de lait
- 100 g de noix concassées
- 1 orange
- 12 g de levure
- 2 pincées de sel

Préparation

- Mettre la margarine dans un bol, assaisonner avec la bande d'orange moulue et laisser reposer.
- Fouetter la margarine délicate rehaussée de sucre glace. Ajoutez chaque œuf à tour de rôle.
- Filtrer la farine avec la levure chimique et le sel sur le mélange. Verser le lait et mixer.
- Rassemblez 33% de la combinaison et ajoutez le cacao, 2 cuillères à soupe de lait et les noix de pécan coupées.
- Dans la forme lubrifiée et farinée versez la masse incomparable.
- Croisez la pâte de cacao, puis, à ce moment-là, mélangez délicatement les deux pâtes à la fourchette. Chauffer à 180 degrés pendant 50 minutes. Au moment où le gâteau est cuit (testez sa cuisson avec un cure-dent), retirez-le du gril, éteignez-le du feu et posez-le sur la grille bien serrée pour qu'il refroidisse.

Tresse aux amandes

- Préparation 40 minutes
- Cuisson 40 minutes

Pour 12 tranches

Ingrédients

- 3 oeufs
- 450 g de farine
- 100g d'amandes finement hachées
- 80 g de lait
- 200 g de sucre
- 180 g de beurre demi-doux
- peler râpé 1 citron
- 1 sachet de levure
- 3 pincées de sel

Décoration:

- sucre granulé et granulé
- Amandes hachées

Préparation

- Battez les œufs et le lait ensemble et réservez deux cuillerées pour le badigeonnage.
- Filtrez la farine, la levure chimique et le sel, puis, à ce stade, ajoutez le sucre, étalez et commencez à mélanger avec les œufs et le lait. Aromatisez avec la bande de citron et ajoutez en dernier les amandes extrêmement fines.
- Bien mélanger le mélange jusqu'à ce qu'il devienne souple, le diviser en trois portions et structurer une tresse.
- Déposez-le sur une feuille de papier cuisson sur une assiette et badigeonnez-le avec l'œuf réservé. Saupoudrez la couche extérieure du gâteau de sucre semoule et des deux grains, puis, à ce moment-là, préparez l'entrelacs à 175° pendant 40 minutes.

BONTÉ À LA NOIX DE COCO ET À L'ORANGE

- Préparation 30 minutes
- Cuisson 35 minutes
- Moule Ø 24 cm

Pour 10/12 tranches

Ingrédients

- 150 g de beurre fondu froid
- 200 g de sucre
- 230 g de farine
- 30 g de farine de noix de coco
- 5 oeufs
- jus et zeste râpé d'1 orange
- ½ sachet de levure
- 2 pincées de sel

Décoration:

- Sucre en poudre

Préparation

- Battez les jaunes d'œufs avec 100 g de sucre jusqu'à ce qu'ils soient fouettés, ajoutez le jus, la bande d'orange et la margarine et mélangez.
- Mélangez également la farine, la levure chimique, le sel et la farine de noix de coco.
- Battez les blancs d'œufs avec le sucre restant avec des fouets propres jusqu'à ce qu'ils soient fermes, puis, à ce stade,

intégrez-les dans la masse, en mélangeant de la base vers le haut.

- Videz le mélange dans le moule graissé et fariné, équilibrez-le et saupoudrez-le de sucre semoule.
- Préparez à 175 degrés pendant 35 minutes, puis, à ce moment-là, retirez du feu et démoulez le gâteau sur la grille.

GÂTEAU SUPER MOELLEUX AUX MORCEAUX DE CHOCOLAT

- Préparation 25 minutes
- Cuisson 35 minutes
- Moule Ø 20 cm

Pour 8 tranches

Ingrédients

- 100 g de beurre à température ambiante
- 100 g de sucre en poudre
- 3 oeufs
- 100 g de chocolat noir

- 100 g de fécule de pomme de terre
- 2 cuillères à café de levure
- 1 pincée de sel

Préparation

- Fouetter la pâte à tartiner jusqu'à ce qu'elle soit délicate et mousseuse, ajouter le sucre glace et, tout en continuant à battre, laisser ingérer chaque jaune à tour de rôle.
- Continuer à mélanger et ajouter le chocolat moulu au chocolat mat.
- Ajouter la fécule de pomme de terre avec la levure et une pointe de sel à la masse.
- Fouettez les blancs d'œufs jusqu'à ce qu'ils soient solides et mélangez-les tendrement avec la combinaison, en mélangeant de la base vers le haut.
- Huilez le moule sans farine et versez le mélange. Niveler la surface et passer dans un four préchauffé à 170° pendant 35 minutes. Retirez le gâteau du feu et attendez 5 minutes avant de le retourner sur la grille pour qu'il refroidisse.

REBECCA CAKE CITRON

- Préparation 25 minutes
- Cuisson 30 minutes

- Moule à charnière Ø 22 cm

Pour 8/10 tranches

Ingrédients

- 6 oeufs
- 200 g de sucre en poudre
- 180 g de fécule de pomme de terre
- 60 g de beurre fondu froid
- le zeste râpé de 1/2 citron

Décoration:

- sucre glace vanille

Préparation

- Mettez les jaunes d'œufs dans un bol avec le sucre glace et battez-les jusqu'à ce que le battement soit très fouetté et mousseux.
- Fouettez les blancs d'œufs jusqu'à ce qu'ils soient fermes et incorporez-les tendrement dans le battement des jaunes, en mélangeant de la base vers le haut.

- Verser la fécule de pomme de terre passée au tamis.
- Canaliser pas à pas la pâte à tartiner dissoute et parfumer avec la bande de citron moulu. Bien mélanger en homogénéisant les fixations.
- Huiler et fariner le moule avec la fécule, verser le mélange et égaliser. Chauffer au four à 180 degrés pendant 30 minutes. Retirez le cake du grill et placez-le, hors du moule, sur la grille, puis, à ce moment-là, nappez-le de sucre glace lorsqu'il est froid.

DOUCEUR DU YAOURT À LA NOIX DE COCO ET CACAO

- Préparation 30 minutes
- Cuisson 45 minutes
- Moule Ø 22 cm

Pour 10 tranches

Ingrédients

- 220 g de farine

- 40 g de farine de noix de coco
- 20 g de cacao • 4 oeufs
- 190 g de sucre
- 140 g de beurre mou
- 120 g de yaourt nature
- ½ sachet de levure
- 1 pincée de sel
- 1 pincée de vanilline

Décoration:

- gelée d'abricot
- farine de noix de coco

Préparation

- Fouetter le beurre ramolli avec le sucre et la vanille. Ajouter un œuf à la fois, toujours en fouettant.
- Ajouter le yaourt et mélanger. Tamiser la farine avec le cacao, la levure chimique et le sel sur le mélange.
- Compléter avec la noix de coco. Versez le mélange dans le moule beurré et fariné, égalisez la surface et enfournez à 175° pendant 45 minutes. Lorsque le gâteau est cuit, sortez-le du four et démoulez-le sur la grille pour qu'il refroidisse.

- Décoration : badigeonnez la surface du gâteau avec la gélatine chaude et saupoudrez-le de farine de coco.

CHÉRUBIN GÂTEAU AU CITRON

- Préparation 20 minutes
- Cuisson 45 minutes
- Moule Ø 22 cm

Pour 10 tranches

Ingrédients

- 200 g de beurre
- 200 g de sucre finement moulu
- 100 g de fécule de pomme de terre
- 130 g de farine
- 100 g d'œufs pesés en coquille
- 70 g de jaunes d'œufs
- le zeste râpé de 2 citrons

Décoration:

- sucre en poudre

Préparation

- Travaillez le beurre ramolli au fouet pour le rendre doux comme une crème.
- Ajouter progressivement le sucre sans cesser de mélanger, puis, par cuillerées , les œufs entiers et les rouges battus, en faisant parfaitement absorber chaque cuillerée.
- Tamiser la farine et la fécule sur le mélange et enfin parfumer avec le zeste râpé des 2 citrons. Mélangez légèrement.
- Graisser le moule, saupoudrer de fécule et verser le mélange en égalisant. Cuire le gâteau au four à 180 degrés pendant 45 minutes. Retirer du four et démouler sur la grille pour refroidir.

Décoration:

- Sucrez la surface du gâteau avec du sucre en poudre.

GÉNOISE AU CITRON

- Préparation 15 minutes
- Cuisson 40 minutes
- Moule Ø 24 cm

Pour 10/11 tranches

Ingrédients

- 300 g d'œufs pesés en coquille
- 300 g de sucre
- 300 g de farine
- peler râpé 1 citron

Préparation

- Fouettez les œufs avec le sucre pendant un certain temps jusqu'à obtenir une masse exceptionnellement agrandie et soutenue. Vérifier en soulevant la spatule et en laissant un peu de chute de masse accéder au bol qui tombe "comme une bande" et reste soulevé brièvement à un niveau superficiel.
- Parfumez avec la bande de citron moulu. Consolidez tendrement la farine filtrée en mélangeant de la base vers le haut.

- Vider le mélange dans le moule graissé et fariné et chauffer à 180° pendant 40 minutes. Enfoncez un cure-dent au point focal du gâteau pour vous assurer qu'il est bien cuit : au cas où le gâteau serait cuit, le cure-dent avouera tout. Retirer du gril et démouler le wipe cake sur la grille.

GÂTEAU AU CACAO ET À LA VANILLE

- Préparation 20 minutes
- Cuisson 35 minutes
- Moule à charnière Ø 26 cm

Pour 14 tranches

Ingrédients

- 320 g d'œufs pesés en coquille (6 + 1/2 œuf)
- 220 g de sucre
- 125 g de farine
- 50 g de fécule de pomme de terre
- 30 g de cacao
- Demi sachet de levure
- Demi gousse de vanille

- 2 pincées de sel

Décoration:

- Sucre en poudre

Préparation

- Fouettez les œufs avec le sucre en ruban, jusqu'à obtenir une masse gonflée et soutenue.
- Aromatisé au grattage vanille. Mélanger la farine avec la fécule, le cacao tamisé, la levure chimique et une pincée de sel.
- Sans cesser de mélanger, tamisez les farines sur la pâte petit à petit en mélangeant de bas en haut pour ne pas démonter la préparation.
- Versez la masse dans le moule après l'avoir graissé et fariné, puis placez le gâteau au four à 175° pendant 35 minutes (faites le test du cure-dent : insérez-le au centre du gâteau et s'il ressort propre, le gâteau est cuit). Une fois cuit, sortez-le du four et démoulez-le sur une grille pour qu'il refroidisse.

Décoration

Saupoudrer généreusement le gâteau de sucre glace.

GÂTEAU SAMBUCHINA ET CITRON

- Préparation 30 minutes
- Cuisson 40 minutes
- Moule à charnière Ø 20 cm

Pour 8/10 tranches

Ingrédients

- 220 g de beurre mou à température ambiante
- 200 g de sucre semoule
- 150 g de fécule de pomme de terre
- 70 g de farine
- 3 oeufs + 2 jaunes
- zeste râpé1/2 citron
- 2 cuillères à soupe. de Sambuca ou liqueur d'anis

- 1 pincée de sel

Pour décorer :

- 20 g de sucre en poudre

Préparation

- Tapisser le fond du moule à charnière de papier sulfurisé, puis beurrer le fond et les bords et saupoudrer de farine. Préchauffer le four à 170 degrés. Dans un saladier, battez longuement le beurre jusqu'à obtenir une crème très douce.
- Sans cesser de battre, ajouter les œufs et les jaunes, le sucre, le zeste de citron, la Sambuca et, en les tamisant, la farine, la fécule et le sel.
- Mélangez soigneusement, puis versez le mélange dans le moule en le nivelant. Cuire le gâteau pendant 40 minutes.
- Après cuisson, sortez le gâteau du four et laissez-le refroidir, puis ouvrez la fermeture éclair et mettez la pelle sous le papier sulfurisé (le gâteau est très friable). Transférer le dessert dans le plat de service et retirer le papier.

- Si vous le souhaitez, servez le gâteau saupoudré de sucre en poudre.

GÂTEAU DU PETIT DÉJEUNER AU CHOCOLAT NOIR

- Préparation 20 minutes
- Cuisson 45 minutes
- Moule Ø 24

Pour 10/12 tranches

Ingrédients

- 150 g de beurre
- 150 g de chocolat noir
- 150 g de sucre
- 4 œufs
- ½ sachet de levure
- 1 pincée de sel
- 1 gousse de vanille
- 50 g de farine
- 25 g d'amidon

Décoration:

- un peu de sucre glace

Préparation

- Dissoudre la pâte à tartiner au bain-marie avec le chocolat râpé et les copeaux de vanille et laisser refroidir.
- Battre les œufs avec le sucre en bande, puis incorporer la farine, le sel et la fécule filtrés avec la levure chimique. Travaillez tendrement la masse pour ne pas la démonter.
- Sans cesse mélanger, verser le chocolat fondu et froid et étaler.
- Videz le mélange dans un moule à cake graissé et fariné et chauffez à 160° pendant 45 minutes.
- Retirer du feu, laisser refroidir et saupoudrer le bord du gâteau d'un léger manteau de sucre vague.

GÂTEAU PARFUMÉ AUX AGRUMES

- Préparation 25 minutes
- Cuisson 40 minutes
- Moule Ø 22 cm

Pour 8/10 tranches

Ingrédients

- 240 g de farine
- 130 g de beurre
- 180 g de sucre
- 3 oeufs
- 1 petite orange
- 1 citron
- Demi sachet de levure
- 2 pincées de sel

Préparation

- Enrichir la pâte à tartiner avec 1/3 du sucre, puis, à ce moment-là, parfumer avec la lanière d'agrumes. Presser le jus et peser 70 g en tout.
- Dans un autre bol, battre 1 œuf entier et 2 jaunes d'œufs avec la moitié du reste de sucre, puis, à ce moment-là, délayer avec le jus. Utilisez la dernière partie de sucre pour fouetter les 2 blancs d'œufs en excès jusqu'à ce qu'ils soient fermes.
- Incorporer les jaunes d'œufs battus dans la pâte à tartiner, puis, à ce stade, filtrer la moitié de la farine avec la levure et le sel sur la masse, ajouter

la meringue aux blancs d'œufs et terminer avec l'excédent de farine. Vider le mélange dans le moule graissé et fariné et chauffer à 180° pendant 40 minutes. Testez la cuisson avec un cure-dent en bois : à tout hasard, il dit vrai, le gâteau est cuit. Retirer du gril, attendre 5 minutes, puis démouler le gâteau sur la grille pour qu'il refroidisse.

CAKE CAFÉ ET CACAO

- Préparation 25 minutes
- Cuisson 40 minutes
- Moule à gâteau Ø 20 cm

Pour 8/9 tranches

Ingrédients

- 150 g de farine
- 150 g de sucre
- 30 g de cacao amer
- 1 + 1/2 cuillère à café de café lyophilisé
- 3 oeufs
- 70 g de margarine monograine

- 1 sachet de levure
- 2 pincées de sel
- 100 g de crème fraîche (ou de lait)

Préparation

- Faire chauffer la crème (ou le lait) et ajouter l'espresso lyophilisé.
- Battez les œufs avec une partie du sucre. Crémer la margarine avec le sucre restant.
- Ajouter les deux masses et les affaiblir avec la crème expresso.
- Filtrez toute la farine avec la levure chimique, le cacao et le sel. Mélangez les fixations avec précaution.
- Videz la masse arrivée dans le récipient graissé et fariné et placez-la dans un four préchauffé à 170° pendant environ 40 minutes.
- Au moment où les dés sont cuits, retirez-les du gril et démoulez-les sur la grille pour qu'ils refroidissent.

GÂTEAU CROUSTILLANT AUX CORN FLAKES

- Préparation 25 minutes
- Cuisson 45 minutes
- Moule carré festonné 23X23 cm

Pour 10/12 tranches

Ingrédients

- 300 g de farine
- 30 g de fécule de pomme de terre
- 60 g de noisettes
- 190 g de beurre • 5 œufs
- 180 g de sucre
- 60 g de pépites de chocolat
- 2 + 1/2 cuillère à café de levure
- 2 pincées de sel
- gouttes d'arôme de rhum au goût

Décoration:

- noisettes entières
- flocons de maïs

Préparation

- Fouetter la margarine avec le sucre (ranger une cuillère), puis parfumer avec l'odeur du rhum.
- Ajouter tour à tour chaque jaune d'oeuf. Filtrer la farine avec la fécule, la levure chimique et le sel sur le mélange.

- Recueillez les collections à la cuillère et sucrez peu de temps après intégrez-les tendrement dans le mélange.
- Complet avec des noisettes finement clivées et des pépites de chocolat.
- Vider l'ensemble dans le moule graissé et fariné et égayer la surface avec les noisettes entières et les chips de maïs.
- Placer au gril à 180 degrés pendant 30 minutes, puis poursuivre la cuisson pendant 15 minutes supplémentaires avec un peu moins de chaleur.
- Au moment où le gâteau est cuit, retirer du gril et laisser refroidir en forme.

MOELLEUX VANILLE ET CANNELLE

- Préparation 20 minutes
- Cuisson 45 minutes
- Moule Ø 22 cm

Pour 10/11 tranches

Ingrédients

- 170 g de farine
- 170 g de beurre

- 170 g de sucre
- 4 jaunes
- 100 g de blancs d'œufs
- 2,5 g de levure
- 1 pincée de sel
- 1 gousse de vanille
- 1 pincée de cannelle

Décoration:

- gelée d'abricot
- Sucre en poudre

Préparation

- Fouetter le beurre ramolli avec les graines extraites de la gousse de vanille ouverte dans le sens de la longueur, la cannelle et la moitié du sucre.
- Incorporer les jaunes d'œufs, un à la fois. Tamiser la farine avec la levure chimique et le sel sur le mélange.
- Montez les blancs d'œufs en neige pas trop ferme et ajoutez-les délicatement au mélange en mélangeant de bas en haut.
- Versez le mélange dans le moule beurré et fariné et enfournez à 170° pendant 45 minutes.

Décoration

- Badigeonnez la surface du gâteau de gelée chaude et saupoudrez-le de sucre semoule.

GÂTEAU AU CHOCOLAT BLANC

- Préparation 40 minutes
- Cuisson 45 minutes
- Moule Ø 23 cm

Pour 10/11 tranches

Ingrédients

- 100 g de chocolat blanc
- 240 g de beurre mou
- 1 citron vert
- 120 g de sucre
- 6 oeufs
- 240 g de farine
- 24 g de levure
- 4 pincées de sel

Décoration :

- Sucre en poudre

Préparation

- Faites fondre le chocolat blanc haché au bain-marie et laissez-le refroidir. Fouetter le beurre avec le sucre et parfumer avec le zeste de citron vert râpé.
- Incorporer les jaunes d'œufs au beurre et, lorsqu'il est bien fouetté, ajouter petit à petit le chocolat blanc fondu. Compléter en tamisant la farine, la levure chimique et le sel sur le mélange. A part, fouetter les blancs d'œufs en neige ferme avec une cuillerée de sucre.
- Ajouter la masse de blancs d'œufs montés en neige à la pâte en mélangeant de bas en haut jusqu'à ce qu'elle soit bien incorporée, puis la verser dans le moule graissé et fariné. Cuire au four à 175 degrés pendant 45 minutes.
- Sortir du four, démouler et déposer le gâteau sur la grille. Saupoudrer le gâteau de sucre glace.

GÂTEAU AURORE AU PARFUM DE MIEL

- Préparation 20 minutes
- Cuisson 25/30 minutes
- Moule Ø 20 cm

Pour 7/8 tranches

Ingrédients

- 125 g de beurre
- 100 g de sucre en poudre
- 30 g de farine d'amandes • 45 g de jaunes d'œufs
- 40 g de blancs d'œufs
- 1 cuillère à soupe de sucre cristallisé • 50 g de farine
- 50 g de fécule de maïs
- 1 cuillère à café de miel de fleur d'oranger
- 1 cuillère à soupe de jus d'orange
- 1 orange

Décoration :

- noisettes entières

Préparation

- Fouettez les blancs d'œufs avec 1 cuillère à soupe de sucre semoule et réservez.
- Fouettez la délicate pâte à tartiner avec le sucre glace et le miel jusqu'à obtenir une masse exceptionnellement mousseuse.
- Ajouter les jaunes d'œufs, chacun à son tour. Incorporer les farines filtrées et la farine d'amande.
- Ajouter les blancs d'oeufs fouettés à la masse.
- Parfumez avec l'orange pressée et le zeste d'agrumes moulus.
- Vider le mélange dans le moule graissé et fariné. Parsemer des noisettes entières. Préparez à 180 degrés pendant 25/30 minutes.

BEIGNET TRÈS LÉGER

- Préparation 30 minutes
- Cuisson 35 minutes
- Moule beignet Ø 24 cm

Pour 10 tranches

Ingrédients

- 280 g de farine

- 30 g d'amidon
- 1 sachet de levure
- 2 pincées de sel
- 3 oeufs
- 100 g d'huile d'arachide
- 150 g de lait
- graines de 1 gousse de vanille
- 140 g de sucre

Décoration:

- Sucre en poudre

Préparation

- Filtrer les farines avec la levure chimique et le sel.
- Battre les œufs avec le sucre et parfumer avec les graines de vanille, puis, en battant sans cesse, verser progressivement l'huile et le lait.
- Intégrez à la masse grossie et mousseuse les farines filtrées.
- Huilez et farinez le moule à beignets et versez la pâte en l'homogénéisant.
- Dispersez le sucre semoule et chauffez à 175° pendant 35 minutes. Testez la cuisson en enfonçant un cure-dent dans

le gâteau, au cas où il ne ressortirait pas sec, passez au gril quelques minutes supplémentaires.

- Au moment où le beignet est cuit, retirez-le du gril, puis attendez 5 minutes avant de le retourner sur la grille pour qu'il refroidisse.

DONUT AL KAMUT

- Préparation 20 minutes
- Cuisson 40/45 minutes
- Moule beignet Ø 26 cm

Pour 12/14 tranches

Ingrédients

- 200 g de beurre

- 180 g de farine
- 50 g de farine de kamut
- 30 g de pistaches concassées
- 180 g de sucre
- 5 oeufs
- 1 sachet de levure
- 2 pincées de sel
- 1 citron

Décoration:

- noisettes hachées grossièrement

Préparation

- Fouettez la margarine délicate avec le sucre, puis, à ce moment-là, ajoutez les jaunes d'œufs. Indépendamment, fouettez les blancs d'œufs jusqu'à ce qu'ils soient fermes avec 1 cuillère à soupe de sucre semoule.
- Mélanger de la base vers le haut, ajouter la masse de blancs d'œufs à la combinaison de jaunes.
- Filtrez les farines, la levure et le sel sur le mélange. Parfumez avec le zeste de citron moulu et mélangez bien.

- Ajouter enfin les pistaches concassées. Répartir le mélange dans le moule graissé et fariné. Saupoudrer de noisettes grossièrement concassées et passer le beignet au gril à 180° pendant 40/45 minutes.
- Au moment où le beignet est cuit, retirez-le du gril, retirez-le de la forme et mettez-le sur la grille pour refroidir.

BEIGNET CITRON

- Préparation 20 minutes
- Cuisson 30 minutes
- Moule beignet Ø 24 cm

Pour 10 tranches

Ingrédients

- 4 œufs • 250 g de farine
- 200 g de sucre
- 120 g de beurre mou
- 2 cuillères à soupe de limacine
- 50 g de jus de citron filtré
- le zeste râpé de 1 citron
- 1 sachet de levure
- 2 pincées de sel

Décoration:

- sucre en poudre

Préparation

- Travaillez les œufs avec une partie du sucre pendant un bon moment, jusqu'à obtenir une masse grossie et mousseuse.
- Fouetter indépendamment la pâte à tartiner avec le sucre restant et la bande de citron moulu.

- Sans cesser de mélanger, ajouter les œufs battus à la pâte à tartiner, puis, lorsque la masse est homogène, ajouter l'alcool et le jus de citron.
- Filtrer tout autour la farine avec la levure chimique et le sel. Mélangez bien la combinaison, en mélangeant tendrement de la base vers le haut.
- Videz-le dans le moule graissé et fariné. Placer le beignet dans un gril préchauffé à 175 degrés pendant 30 minutes.
- Au moment où il est cuit, retirez-le du gril, puis attendez 3/4 minutes avant de le démouler sur une grille pour qu'il refroidisse.
- Amélioration : servez le beignet saupoudré de sucre en poudre.

BEIGNET EAU ET HUILE

- Préparation 20 minutes
- Cuisson 28/30 minutes
- Moule beignet Ø 24 cm

Pour 10 tranches

Ingrédients

- 150 g d'œufs entiers pelés pesés
- 240 g de sucre
- 1 gousse de vanille
- peler râpé 1 citron
- 1 pincée de sel
- 120 g d'huile de maïs
- 125 g d'eau
- 200 g de farine 00
- 100 g de fécule de pomme de terre
- 7 g de levure

Décoration:

- Sucre en poudre

Préparation

- Dans un énorme saladier versez les œufs et commencez à les fouetter en ajoutant le sucre semoule.
- Rehaussé avec la bande de citron moulu et les graines retirées de la gousse de vanille.

- Sans cesser de battre ajouter l'huile et l'eau.
- Filtrer la farine et l'amidon avec la levure chimique et le sel sur le mélange.
- le mélange, puis le vider dans le moule graissé et fariné.
- Cuire le beignet à 170° pendant 28/30 minutes. Au moment où il est cuit (enfoncez un cure-dent au point focal du gâteau et éliminez-le : s'il est sec le beignet est cuit), retirez-le du feu et retournez-le sur la grille. Servir saupoudré de sucre en poudre.

BEIGNET AU YAOURT AUX FRUITS SAUVAGES

- Préparation 25 minutes
- Cuisson 40 minutes
- Moule beignet Ø 24 cm

Pour 10 tranches

Ingrédients

- 270 g de farine
- 100 g de fécule de pomme de terre
- 170 g de beurre
- 220 g de sucre
- 5 oeufs
- 325 g de yaourt aux baies
- 1 sachet de levure
- 1 pincée de sel
- 1 sachet de vanilline

Décoration:

- sucre en poudre

Préparation

- Fouetter le beurre avec le sucre (moins une cuillère) et la vanille.
- Ajouter un jaune à la fois, le yaourt et la farine tamisée avec la levure chimique, le sel et la fécule de pomme de terre. Bien mélanger.
- A part, monter les blancs d'œufs en neige ferme avec le sucre réservé, puis

ajouter la meringue au mélange de base en mélangeant bien.

- Versez la pâte dans le moule déjà beurré et fariné et placez le beignet au four à 180° pendant 40 minutes.
- Quand il est cuit, sortez-le du four et démoulez-le sur une grille pour qu'il refroidisse.

Décoration

- Saupoudrer la surface de sucre glace.

BEIGNET AU MIEL AUX AMANDES ET PIGNONS DE PIN

- Préparation 20 minutes
- Cuisson 35 minutes
- Moule beignet bas Ø 24 cm

Pour 10 tranches

Ingrédients

- 200 g de farine

- 160 g d'œufs pesés en coquille
- 280 g de sucre
- 230 g de beurre
- 40 g de miel
- 60 g d'amandes finement hachées
- 1 pincée de levure
- 1 pincée de sel
- le zeste râpé d'un citron

Décoration

- pignons de pin

Préparation

- Fouetter le beurre ramolli avec le sucre, le miel et parfumer avec le zeste de citron râpé.
- Toujours en travaillant avec les fouets à la masse, ajouter les œufs.
- Incorporer la farine tamisée avec la levure chimique et le sel et compléter avec les amandes hachées. Mélangez soigneusement les ingrédients.
- Verser le mélange dans le moule beurré et fariné et parsemer la surface de pignons de pin.
  - Cuire au four à 180 degrés pendant 30/35 minutes.
  - Lorsque le beignet est cuit, sortez-le du four et démoulez-le sur la grille pour qu'il refroidisse.

SUPER DONUT NOISETTES ET CAFÉ

- Préparation 20 minutes
- Cuisson 40 minutes
- Moule beignet Ø 24 cm

Pour 8/10 tranches

Ingrédients

- 300 g de noisettes
- 200 g de farine
- 100 g de beurre fondu froid • 150 g de sucre
- 3 œufs • 80 g de café
- 80 g de lait
- 1 sachet de levure
- 1 pincée de sel
- 1 cuillère à soupe d'huile d'olive extra vierge
- 2 cuillères à soupe de rhum
- 1 pincée de vanilline

Décoration:

- gelée d'abricot

Préparation

- Sur la plaque du four, faites légèrement griller les noisettes, puis laissez-les refroidir et concassez-les grossièrement avec la moitié du sucre. Ajouter le sucre résiduel et hacher finement.
- Mélanger les noisettes concassées avec la farine, puis ramollir le mélange en mélangeant les œufs battus.
- Continuez à ajouter le café, le lait, l'huile, le rhum, la vanille, la levure et le sel.
- Perfectionnez la pâte avec le beurre et mélangez-la soigneusement. Verser le mélange dans le moule beurré et fariné et cuire au four à 185° pendant 40 minutes.
- Lorsque le beignet est cuit, sortez-le du four et démoulez-le sur la grille pour qu'il refroidisse.

Décoration:

- Polir le beignet avec la gelée chaude.

BEIGNET À LA CRÈME AU PARFUM D'ORANGE

- Préparation 30 minutes
- Cuisson 40 minutes
- Moule Ø 24 cm

Pour 10 tranches

Ingrédients

- 200 g de sucre
- peler râpé 1 orange
- 5 œufs • 250 g de farine
- 120 g de crème fraîche à température ambiante
- 80 g de beurre fondu froid
- 10 g de levure
- 2 pincées de sel

Décoration:

- Miel
- amandes hachées grillées

Préparation

- Mélanger la crème et le beurre.
- Dans un bol, fouetter les œufs avec le sucre, puis parfumer avec le zeste d'orange râpé et tamiser la farine avec la levure chimique et le sel.

- Ajouter le beurre et la crème petit à petit en mélangeant de bas en haut. Lorsque toute la masse est homogène, versez-la dans le moule convenablement graissé et fariné, puis passez dans un four chaud à 175° pendant 35-40 minutes. Vérifiez la bonne cuisson en insérant un cure-dent dans le gâteau, s'il ressort sec, sortez et laissez refroidir le beignet sur le gril.
- Pendant ce temps, faites griller les amandes hachées, puis saupoudrez-en la surface du beignet après l'avoir badigeonné de miel chaud.

BEIGNET MOELLEUX AUX PÉPITES DE CHOCOLAT

- Préparation 20 minutes
- Cuisson 30 minutes
- Moule beignet bas Ø 24 cm

Pour 11/12 tranches

Ingrédients

- 250 g de farine
- 4 œufs
- 200 g de yaourt nature

- 160 g de sucre
- 80 g de beurre
- 60 g de pépites de chocolat
- 1 sachet de levure
- 1 sachet de vanilline
- 2 pincées de sel

Préparation

- Faire fondre le beurre et le laisser refroidir.
- Battre les œufs avec le sucre, puis ajouter le yaourt et mélanger.
- Incorporer la farine tamisée avec la levure chimique et le sel, puis ajouter le beurre fondu et froid et la vanilline.
- Enrichir la pâte avec les pépites de chocolat et la verser dans le moule déjà beurré et fariné.
- Cuire au four à 170 degrés pendant 30 minutes.
- Lorsque le beignet est cuit, sortez-le du four, retirez le moule et placez-le sur la grille pour refroidir.

GÂTEAU MARBRÉ CLASSIQUE

- Préparation 30 minutes
- Cuisson 55 minutes
- Moule à cake aux prunes 25x12 cm

Pour 11/12 tranches

Ingrédients

- 170 g de beurre mou
- 100 g de sucre roux
- 230 g de farine
- 100 g de sucre en poudre
- le zeste finement râpé de 1 citron
- 1 gousse de vanille
- 1 pincée de sel fin
- 200-210 g d'œufs entiers
- 8 g de levure chimique
- 60 g de lait entier
- 20 g de cacao
- 30 g de crème

Préparation

- Fouetter le beurre avec les sucres, le zeste de citron, les graines de vanille et le sel. Ajouter petit à petit les œufs en les faisant bien absorber, puis compléter avec la farine tamisée avec la levure et ramollir avec le lait.

- Peser 1/3 de la masse et ajouter le cacao et la crème. Bien mélanger les ingrédients.
- Graisser et fariner le moule et verser la masse neutre.
- Au centre, déposer la masse de cacao. Avec les dents d'une fourchette, mélanger légèrement les deux pâtes pour créer l'effet marbré, puis enfourner à 170° pendant 55 minutes.

BÉBÉ GÂTEAU AUX PRUNES

- Préparation 30 minutes
- Cuisson 35 minutes
- Moule à cake aux prunes 9x22 cm

Pour 8 tranches

Ingrédients

- 100 g d'œufs pesés en coquille
- 100 g de beurre mou
- 100 g de sucre
- 100 g de farine
- 1 cuillère à café de levure

- 1 pincée de sel 30 g de pépites de chocolat • 15 g de cacao
- 3 cuillères à soupe de lait
- 1 pincée de vanilline

Décoration

- pépites de chocolat

Préparation

- Bien fouetter la margarine avec le sucre, parfumer avec la vanille et incorporer tour à tour chaque œuf.
- Filtrer la farine avec la levure chimique, le sel et le cacao sur le mélange, en remplaçant par le lait. Faire avancer la masse avec les pépites de chocolat.
- Mouiller et bien écraser une feuille de papier cuisson et tapisser le moule. Faites-le bien coller aux bords, puis, à ce moment-là, séchez l'eau en abondance et versez la combinaison. Niveler la surface et saupoudrer de pépites de chocolat supplémentaires.
- Chauffez le gâteau aux prunes à 175 ° pendant 35 minutes, retirez-le du feu, attendez 5 minutes et sortez le gâteau aux prunes de la forme. Mettez le gâteau à refroidir sur la grille.

GÂTEAU AUX PRUNES SUPER MOELLEUX

- Préparation 30 minutes
- Cuisson 50 minutes
- Moule à cake aux prunes 30x11 cm

Pour 12/14 tranches

Ingrédients

- 180 g de beurre mou
- 100 g de jaunes d'œufs • 2 œufs
- 40 g de farine d'amande • 200 g de farine
- 180 g de sucre
- ½ sachet de levure
- 2 pincées de sel
- 1 grosse cuillère à café d'oranges à confiture
- 20 g d'amandes hachées

Décoration

- Sucre en poudre
- Sucre semoule et amandes grillées

Préparation

- Fouetter la margarine délicate avec le sucre cristallisé jusqu'à l'obtention d'une masse veloutée.
- Assaisonnez avec de la confiture d'orange et mixez. Ajouter tour à tour chaque œuf en les faisant retenir dans la masse, puis, à ce moment-là, les jaunes.
- Consolidez la farine filtrée avec la levure chimique et le sel, mixez puis, à ce moment-là, complétez avec la farine d'amandes et les noix concassées.
- Videz l'ensemble dans le moule graissé et fariné, puis, à ce moment-là, préparez dans un four préchauffé à 175° pendant 50 minutes. Retirer du gril et démouler le gâteau sur la grille pour qu'il refroidisse.

Décoration

- Badigeonnez le plum cake de gélatine chaude et saupoudrez-le de sucre et d'amandes hachées.

GÂTEAU À LA PRUNE

- Préparation 30 minutes
- Cuisson 50 minutes

- Moule à cake aux prunes 30x11 cm

Pour 12/14 tranches

Ingrédients

- 200 g de beurre mou
- 230 g de sucre
- 4 œufs à température ambiante
- 280 g de farine
- 4 jaunes d'œufs à température ambiante
- 45 g d'amidon
- 12 g de levure
- 2 pincées de sel
- 1 orange
- 125g de yaourt blanc à température ambiante

Décoration:

- Sucre en poudre

Préparation

- Fouetter la pâte à tartiner avec le sucre et parfumer avec la bande d'orange moulue.

- Incorporez tour à tour chaque œuf, puis, à ce moment-là, battez les jaunes d'œufs ensemble. Filtrer les farines avec la levure chimique et le sel au-dessus du mélange.
- Mixez enfin le yaourt. Vider le mélange dans le moule graissé et fariné, niveler la surface et préparer à 175° pendant 50 minutes.
- Au moment où le gâteau aux prunes est cuit, retirez-le du feu et retournez-le sur la grille pour qu'il refroidisse.
- Décoration saupoudrer le plum cake de sucre glace.

GÂTEAU AUX PRUNES FLEUR DE PÊCHER

- Préparation 30 minutes
- Cuisson 55 minutes
- Moule à gâteau aux prunes en céramique 27x11 cm

Pour 12/13 tranches

Ingrédients

- 230 g de farine

- 15 g de fécule
- 10 g de levure
- 2 pincées de sel
- 60 g de macarons
- 4 œufs
- 130 g de sucre
- 150 g de beurre
- 3 cuillères à soupe de marasquin pour compléter :
- 3 demi-pêches au sirop coupées en tranches

Préparation

- Fouetter la margarine délicate avec l'alcool.
- Dans un autre bol, fouetter les œufs avec le sucre et les verser sur le mélange de margarine tout en fouettant. Filtrer les farines avec la levure chimique et le sel sur le mélange.
- Rehaussez la pâte avec des macarons finement ciselés. Mélanger et vider la combinaison sous la forme lubrifiée et farinée.
- Niveler la surface et compléter les pêches en coupes épaisses tout autour séchées avec du papier absorbant. Chauffer à 170 degrés pendant 55 minutes.

- Une fois cuit, retirer du gril le plum cake et le laisser refroidir dans le moule.

GÂTEAU AUX PRUNES À LA FARINE DE RIZ

- Préparation 30 minutes
- Cuisson 50 minutes
- Moule à cake aux prunes 24x13 cm

Pour 10 tranches

Ingrédients

- 150 g de farine de riz
- 130 g de farine • 5 œufs
- 170 g de sucre en poudre
- 170 g de beurre mou
- 1 sachet de levure
- 2 pincées de sel
- 50 g de zeste d'orange confite

- 2 gouttes d'arôme vanille ou citron

Décoration:

- Gelée d'abricot
- Pistaches hachées

Préparation

- Battre les oeufs. Fouetter séparément le beurre ramolli avec le sucre glace et parfumer à la vanille ou au citron. Toujours en fouettant, versez les œufs petit à petit. Tamiser les farines avec la levure et le sel au-dessus du mélange.
- Complétez avec les fruits confits farinés, mélangez-les à la pâte et versez-la dans le moule beurré et fariné.
- Avec le dos d'une cuillère, égalisez la surface du gâteau et enfournez à 180 degrés pendant 50 minutes. Sortir du four et démouler le plum cake sur la grille pour qu'il refroidisse.

Décoration

- Badigeonner la surface du plum cake avec la gelée d'abricot chaude et saupoudrer de pistaches concassées.

GÂTEAU AUX PRUNES AUX FRUITS DÉJÀ CONFITS

- Préparation 25 minutes
- Cuisson 65 minutes
- Moule à cake aux prunes 25x11 cm

Pour 10/12 tranches

Ingrédients

- 4 œufs
- 200 g de sucre
- 240 g de farine
- 200 g de beurre
- 100 g de fruits confits mélangés
- ½ cuillère à café d'arôme d'orange
- 2 +1/2 cuillères à café de levure
- 2 pincées de sel

Préparation

- Fariner le produit bio sucré. Dans un bol, fouetter la pâte à tartiner délicate avec le sucre et l'arôme.
- Sans cesser de mixer, ajouter en continu les œufs, chacun à son tour, en les faisant conserver.
- Filtrer la farine avec la levure chimique et le sel sur le mélange.
- Compléter le planning en ajoutant le produit naturel sucré fariné.
- Vider la masse dans le moule graissé et fariné. Placer le plum cake dans un four préchauffé à 175° pendant 65 minutes.
- Lorsque le gâteau est cuit, sortez-le du four et attendez 4/5 minutes avant de le démouler sur la grille pour qu'il refroidisse.

MINI CUPCAKES AUX PÉPITES DE CHOCOLAT

- Préparation 30 minutes
- Cuisson 20 minutes
- Moules ovales festonnés 10 x 6 cm

Pour 15 pièces

Ingrédients

- 50 gouttes de chocolat

- 6 œufs à température ambiante
- 350 g de farine
- 300 g de sucre
- 250 g de beurre mou
- 100 g de lait à température ambiante
- 2 sachets de vanilline
- 3 cuillères à café de levure (12 g)
- 2 pincées de sel

Préparation

- Dans un bol, fouetter la margarine avec le sucre et la vanille; lorsqu'il devient lisse, mélangez chaque œuf à tour de rôle, en les faisant bien conserver séparément.
- Filtrer la farine avec la levure chimique et saler au batteur.
- Assouplir avec le lait en mélangeant avec précaution pour rendre le tout homogène.
- Améliorez la masse avec les pépites de chocolat et mixez.
- Huiler et fariner les moules. Déplacez la masse dans le sac à pâtisserie avec un énorme bec rond, puis remplissez les moules sans arriver au bord. Préparez dans un gril préchauffé à 180 degrés pendant 20 minutes. Après les avoir sortis du gril,

attendre 5 minutes avant de démouler les entremets.

GÂTEAU AUX CAROTTES ET AMANDES HACHÉES

- Préparation 35/40 minutes
- Cuisson 25 minutes
- Moule à empreinte Ø 8 cm
- Gobelets en papier

Pour 14 gâteaux

Ingrédients

- 180 g de carottes propres
- 4 œufs
- 140 g d'huile de graines
- 210 g de sucre
- 200 g de farine
- 100 g d'amandes entières
- 1 sachet de levure
- 3 pincées de sel, zeste râpé et 2 cuillères à soupe de jus de 1 citron

Décoration:

- Gelée d'abricot
- Amandes hachées

Préparation

- Versez les carottes hachées, les amandes, 60 g de sucre et le jus de citron dans le verre du robot culinaire. Travailler, fendre le tout finement et ranger.
- Dans un bol, fouetter les œufs avec le reste de sucre, assaisonner avec la bande de citron moulu et commencer à verser l'huile progressivement en continuant de battre au fouet.
- Ajoutez maintenant les carottes émincées et les amandes, mélangez enfin ajoutez la farine, la levure chimique et le sel.
- Mettez les coupelles dans les moules et remplissez-les avec le mélange, puis, à ce moment-là, mettez-les dans la poêle et faites-les cuire pendant 25 minutes à 170°. Sortir du four et déposer les cakes sur la grille à cake puis, à ce moment-là, les badigeonner de confiture d'abricots et les saupoudrer d'amandes effilées.

CHOCOLAT COEURS TENDRES

- Préparation 30 minutes
- Cuisson 20 minutes

- 2 moules à empreintes préformés

Pour 16 pièces

Ingrédients

- 300 g de farine
- 30 g de cacao
- 200 g de beurre mou
- 170 g de sucre
- 80 g de chocolat noir haché
- 130 g de lait
- 2 oeufs
- 3 cuillères à café de levure
- 2 pincées de sel

Décoration:

- Sucre en poudre

Préparation

- Faire fondre le chocolat et réserver.
- Dans un bol, fouetter le beurre avec le sucre, faire une crème, puis ajouter le chocolat fondu.
- Laisser la masse absorber un œuf à la fois, sans ajouter le suivant si la pâte n'est pas homogène.

- Toujours en mélangeant incorporer petit à petit le cacao et la farine tamisée avec la levure chimique et le sel. Ramollir la pâte avec le lait.
- Versez la masse dans les moules et enfournez à 170° pendant 20 minutes. Sortez les muffins du four et démoulez-les sur la grille.
- Lorsqu'ils sont froids, saupoudrez-les de sucre glace.

MUFFINS AU MASCARPONE ET CHÂTAIGNES

- Préparation 20/25 minutes
- Cuisson 21 minutes
- Moules à muffins Ø 7,5 cm, h 5 cm

Pour 8 tartelettes

Ingrédients

- 100 g de mascarpone
- 40 g de beurre mou
- 140 g de sucre en poudre

- 2 oeufs
- 200 g de farine
- 15 g de cacao
- 2 cuillères à café de levure
- 1 pincée de sel
- 40 g de châtaignes cuites en petits morceaux
- 70 g de lait décoration : pépites de chocolat

Préparation

- Les châtaignes se marient bien avec le cacao, mais ont une délicieuse saveur hivernale. Si vous aimez la pâte, essayez-la avec d'autres fruits déshydratés, comme des abricots, des raisins secs ou des pommes. Les muffins seront délicieux même en juin !
- Couper les châtaignes bouillonnées en petits morceaux. Indépendamment, mélanger la pâte à tartiner avec le mascarpone dans un bol.
- Dans un autre bol, fouetter les œufs avec le sucre glace et les délayer avec le lait.
- Versez-le sur le mascarpone, mixez puis consolidez la farine, le cacao, la levure chimique, salez enfin les marrons hachés. Huilez et farinez les moules, puis remplissez-les avec le mélange

sans arriver au bord, saupoudrez-les superficiellement avec les pépites de chocolat et faites cuire à 175° pendant 21 minutes. Retirez-les du gril et démoulez-les sur la grille pour qu'ils refroidissent.

MUFFINS PANACHÉ AU CHOCOLAT

- Préparation 25/30 minutes
- Cuisson 20 minutes
- Moule à tarte Ø 8 cm, h 3,5 cm

Pour 8 personnes

Ingrédients

- 150 g de beurre
- 120 g de sucre
- 2 oeufs
- 3 cuillères à soupe de lait
- 280 g de farine
- 50 g de fécule de maïs
- 60 g de chocolat noir
- 10 g de levure
- 1 pincée de sel
- 1 pincée de vanilline

Par ailleurs:

- Noisette entière

Préparation

- Fouettez la margarine délicate avec le sucre et la vanille, puis, à ce moment-là, ajoutez les œufs, chacun à son tour, et le lait.
- Consolidez le filtre à farine avec la levure et le sel, en mélangeant de la base vers le haut.
- Prendre 2 cuillères à soupe de masse et ajouter le chocolat liquéfié.
- Videz le mélange non partisan dans les gravures lubrifiées et farinez sans arriver au bord.
- Dispersez dans chaque gravure un peu de mélange de chocolat.
- Avec un cure-dent, mélanger les deux masses. Compléter en plaçant 3 noisettes entières au point focal des galettes.
- Chauffer à 180 degrés pendant 20 minutes.

Muffins au muesli

- Préparation 20 minutes
- Cuisson 20 minutes

- Moule à muffins avec empreintes Ø 6 cm, hauteur 3,5 cm
- Gobelets en papier

Pour 10 personnes

Ingrédients

- 220 g de farine
- 20 g de fécule de maïs
- 160 g de sucre en poudre
- 180 g de beurre
- 3 oeufs
- 40 g de lait
- 40 g de muesli
- 1 orange
- 2 cuillères à café de levure
- 2 pincées de sel décoration :
- muesli au goût

Préparation

- Dans un bol, fouetter la pâte à tartiner délicate avec le sucre glace.
- Ajouter progressivement les œufs et assaisonner avec la bande d'orange moulue.

- Sans cesser de mélanger, ajouter les farines filtrées avec la levure et le sel en tournant avec le lait à température ambiante.
- Garnir avec le muesli et mélanger pour l'intégrer uniformément.
- Répartir la pâte dans les coupelles placées dans les moules, saupoudrer la surface avec le muesli, puis, à ce moment-là, préparer les biscuits au four à 180 degrés pendant 20 minutes.
- Au moment où les biscuits sont cuits, retirez-les du gril et mettez-les sur la grille pour refroidir.

MUFFINS STARLETTE AU SUCRE EN POUDRE

- Préparation 30 minutes
- Cuisson 23 minutes
- Moule imprimé étoiles

Pour 15-16 muffins

Ingrédients

- 250 g de sucre
- 250 g de beurre mou
- 4 jaunes + 2 oeufs
- 180 g de farine

- 45 g de fécule de pomme de terre
- 50 g de farine de riz
- 80 g de lait
- zeste râpé d'1 orange ou citron
- 3 cuillères à café de levure
- 2 pincées de sel

Décoration:

- Sucre en poudre

Préparation

Crémer la pâte à tartiner avec une partie du sucre et parfumer avec la bande de citron (ou d'orange) moulu. De même, fouettez les œufs et les jaunes avec le reste du sucre, puis versez l'œuf battu sur la pâte à tartiner et continuez à battre avec les fouets.

Ajouter et intégrer les farines avec la levure et le sel, puis détendre avec le lait.

Mélangez bien et faites circuler la combinaison dans les empreintes de forme lubrifiées, en les remplissant aux ¾. Chauffez les biscuits à 170° pendant 23/25 minutes, puis retirez-les du gril et attendez pas moins de 8-10 minutes avant de les éliminer de la forme et de les mettre sur la grille pour refroidir.

Lorsqu'ils sont froids, finissez-les en saupoudrant généreusement de sucre glace.

BRIOSCINE À LA VANILLE

- Préparation 30 minutes hors temps de levée
- Cuisson 12/13 minutes

Pour la brioscine 20/22

Ingrédients

- 500 g de farine 00
- 13 g de levure de bière
- 90 g de sucre
- 8 g de miel d'acacia
- 100 g de lait
- 150 g d'œufs en coquille pesés • 9 g de sel
- 150 g de beurre mou
- graines de 1 gousse de vanille

Décoration:

- confiture de pêche
- Sucre en poudre

Préparation

- Mélangez la farine avec la levure en petits morceaux, le sucre et le miel, puis, à ce stade, commencez à travailler en ajoutant le lait et les œufs jusqu'à ce que la pâte soit façonnée, puis massez-la en ajoutant la pâte à tartiner délicate, les épices et le sel un peu à la fois. Vous devriez obtenir une colle délicate et lisse (éventuellement ajouter un peu de lait). Laisser lever protégé par un tissu pendant 2h30. Ensuite, à ce moment-là, mettez les pâtes au réfrigérateur pendant une soirée.
- Modifiez la pâte, puis, à ce moment-là, formez des morceaux de 40 g et orchestrez-les sur l'assiette. Laisser monter à nouveau en intensité jusqu'à démultiplier en volume, puis badigeonner le point focal des brioches avec la confiture et les saupoudrer de grain. Chauffez à 180 ° pendant 12/13 minutes avec un gril statique pendant les 5 premières minutes, puis continuez avec le poêle à convection.

www.ingramcontent.com/pod-product-compliance
Lightning Source LLC
LaVergne TN
LVHW050337160826
845677LV00014B/3650